북촌

북촌

신달자 시집

민음의 시 227

민음사

계동에 이삿짐을 풀면서 나는 집도 운명에 속한다고 생각했습니다. 단 한번도 상상해 보지 않은 일이었습니다. 종로구 북촌에 살게 되리라는 것은…… 그것도 겨우 다리 펴고 누울 방이 있는 열 평의 작은 집에 산다는 것은…… 최소한의 물건을 놓고 한지등을 켜면서 첫 잠에 들지 못하고 뒤척이며 나는 아슴하게 『북촌』이라는 시집 하나를 만들겠다고 생각했습니다.

　이사 온 첫 밤의 일이었고 나는 새 노트를 펴고 '북촌'이라고 썼습니다. 이 시집의 출발점이었고, 그것은 그저 스쳐 지나가는 생각이었는데, 계동의 골목을, 가회동의 소나무길을, 그리고 북촌이 가진 문화와 전통을 가까이, 또 멀리 보면서 내 생각은 확고하게 자리를 잡기 시작했습니다.

모든 사물은 익숙해지면 생각이 어둔해지기 마련입니다. 환경도 익숙해지면 경이와 감동이 줄어들 것입니다. 그래서 사물의 익숙함이 내 마음을 가리기 전에, 감동이 있고 놀라움이 있을 때 쓰기 시작하자고 나는 다짐했던 것입니다.

북촌에서의 짧은 시간은 내게 새로운 경험과 경이를 가져다주었고, 내가 사는 서울의 한 부분을 내 인생에, 내 삶에 전이시키는 일은 기쁨이었습니다. 서울에 살면서도 알지 못했던 북촌의 이야기가 너무 많았던 것입니다. 역사에서, 소담한 전통에서 그 무엇 하나 나를 사로잡지 않는 것이 없었습니다. 물론 북촌은 변화의 갈등도 보였습니다. 그러나 북촌은 진정 사랑스러운 곳이 분명했고 북촌 사람들 역시 사랑하고 싶은 사람들이었습니다.

북촌에 사는 동안 나는 내내 아팠습니다. 지병의 통증이 내 의욕을 뿌리째 흔들었지만 나는 '북촌'을 써야 한다고, 그 북촌에 대한 의욕으로 통증을 견디어 내기도 하였습니다.

이 시집은 북촌의 손가락 하나쯤의 표현에 불과할지 모릅니다. 나는 북촌을 다 보지 못했고 다 쓰지 못했지만 북촌 사랑에 대한 작은 미소 하나쯤으로 생각하고 이 시집을 내는 용기를 가졌습니다. 그리고 시집 머리말에 이 작은 시를 문고리처럼 달아 놓습니다.

열 평짜리 한옥이다

발 딛고 머리 닿는
봉숭아 씨만 한 방

한지 사이로 스며드는 햇살에 손 쪼이며
오후 햇살과 말동무하려고

어린 날 한옥 살던
고향 품 같은
엄마 품 같은

아니다
노후 나직한 귀향 같은⋯⋯

2016년 가을

신달자

차 례

2부

1부

북향집

남(南)을 등지고

삼청공원 눈으로 오르는데

여명의 빛

창 덮은 한지 사이로 흘러라

곡진한 눈치를 떠오르는 햇살이 알았는지

둘러 둘러

북향 내 집 앞니만 한 뜰에도

설핏 내리더라

푸릇한 새벽빛이

잇몸처럼 붉어지더라

서늘함

주소 하나 다는 데 큰 벽이 필요 없다

지팡이 하나 세우는 데 큰 뜰이 필요 없다

마음 하나 세우는 데야 큰 방이 왜 필요한가

언 밥 한 그릇 녹이는 사이

쌀 한 톨만 한 하루가 지나간다

한옥의 나무 향

도끼로 잘리고
토막 나고
뿌리와 이별하고
해체당하고
목수에게 대패로 벗겨져
다듬어져
드디어 집의 기둥으로 서서
여러모로 못이 박혔는데도
그 집으로 들어서면
아 그 순수의 나무 향이라니……

계동 가을

구절초

한 잎 같은

방에 누워

그 꽃잎만 한 이불로

11도의 서늘함을 가리고

그 꽃잎 하나 같은

내일을 생각하다

홀로

파르르 떤다

빛의 발자국

오후가 되면 슬그머니 내 방 벽으로 드시는 이

남향 창으로 격자무늬 햇살 그림자

방으로 드시는데

저 무늬 어디서 봤더라

참 다정한 모습인데 누구더라

내 생을 스쳐 간 얼굴인가 풍경인가

피 당기는 저 모습 저 온기

내 몸보다 더 편안한 곳 모셔 두고 싶다

붉은 물

오늘
두 손을 대야에 담갔는데
물이 붉게 물드네
열 손톱에서 흘러나오는 것이
몸속에서 꿈틀거리다 다친
꿈들인가

흐르지도 못하고
견딘
지나친 마음의 독인가

밤새 가다 가다
지구를 엎듯 되돌아선
마음 접은 자리 흐르는 피인가

이 물
버릴 곳이 없네

계동의 달

이런 길동무가 있었나
국립현대미술관에서 천천히 걸어가는데
계동 골목으로 들어서는데
참 오래전 목소리가 들린다
달이 슬그머니 팔을 걸어 오면서
이 밤을 끌고 지구 끝까지 가자고 한다
그래 가자!
그렇게 허황하게 살고 싶었다
손익계산 없이 다짜고짜 한번쯤 살고 싶었다

내 의지가 이렇게 막 달아오르는데
달은 어디로 가고 없는가

헛신발

여자 혼자 사는 한옥 섬돌 위에
남자 신발 하나 투박하게 놓여 있다

혼자 사는 게 아니라고
절대 아니라고
남자 운동화에서 구두에서
좀 무섭게 보이려고 오늘은 큰 군용 신발 하나
동네에서 얻어
섬돌 중간에 놓아두었다

몸은 없고 구두만 있는 그는 누구인가
형체 없는 괴귀(怪鬼)
다른 사람들은 의심도 없고 공포도 없는데
아침 문 열다가 내가 더 놀라
누구지?
더 오싹 외로움이 밀려오는
헛신발 하나

깊은 밤

혼자
눈뜨고 불 켜는
밤 두 시
한옥 창 열고 먼 곳에
불 켜진 창 하나 본다

저 창 안에 누가 사나?

더 높은 곳에서 보면
나의 창도 아름다울까
지상에 가까스로 핀 별꽃처럼
아득하게 나도 그리움이 될까

밤 두 시
어디라도 손 내밀면 누구라도 만날 수 있는
따뜻한 길이 열리는 시간

몸을 돌돌 말아
뒹굴어 본다

내 동네 북촌

열 평만 내 것인 줄 알았는데
북촌이 다 내 것이다

계동 원서동 가회동 삼청동
정독도서관 헌법재판소가 감사원이
국립미술관이 삼청공원이 창덕궁이 민속박물관이
여기저기 걷다 보면 물어보나마나 다 내 것이다

전통과 문화는 서로 스며 흐른다
찔린 아픔을 시간으로 동여매고 회복되는 거리
전통이 업어 주고 문화가 등을 다독거릴 때
골목길들이 눈을 감았다 떴다 하며 넓어지는 길

오늘
골목골목이 소곤거리고 계단마다 반짝거리는 햇살
골목을 오가는 외국인들이
내 앵두만 한 집 앞에서 사진을 찍는다

북촌이 다 너희 것이다

공일당(空日堂)

북촌로 8길 26
딱 명함 한 장만 한 한옥 대문 위에
공일당 당호가 걸렸다
무산 설악스님이
바람 한 가닥 잡고 설악바다를 에둘러 찍어
꽃처럼 예쁘게 수놓은 당호다
김남조 선생님이 한마디
혼자 사는 여자 집에 공(空) 자는 좀……
다 비우면 새롭게 쌓이는 법
공이 만(滿)이 되는 것이라
혼자건 둘이건 비우건 쌓이건
다 같은 것이라
그 순간 시간이 출렁 섰다가 가네
혼자가 둘이 되고 둘이 하나가 되어 가네
공일(空日)은 예배로 채우는 날

늙은 잠

잠은
뒤척이는 여행

참회하듯 아첨하듯
두 손을 가슴에 얹고
더없이 낮은 자세로 굽은 자세로……

더 낮게 더 낮게
여기 저기 날 걸어 놓고
알몸 알마음으로 흐르다 보면
벗어 놓은 내가 짐이 되어 따르기도 하는데

피로하지 않으려고 고단하게 떠나는 여행
아무것도 아닌 무위에 닿을 수 있을까
얼핏설핏 관계들의 그림자가 어깨를 스치지 않게
완전 날 잊는 꿈도 없는 곳으로 데려다주면 좋겠다
의식의 강을 끼고 흘러 죽음은 아니지만 죽음처럼
잠시 다녀오는 것이므로
잠에서 깨어났다고 하지 않는가

숨의 결을 살리며 완전 무위에 닿노라면
닫히고 열리고
잠에 당도하기까지
무수한 세계와 만나곤 하지
꿈의 부락을 끼고 옆으로 슬쩍 돌아

나는 잠에서 깨어나기를 바란다
혼자 떠나 혼자 닿고
혼자 깨어나는
늙은 잠

불꽃

삼청동 오르막길
나뭇잎 다 지고 뼈로 선 나무에 왜
불꽃이 보이는지
푸른 피 다 거두어 가고 늙은 갈색으로 삭은
나뭇가지 위에 왜 불꽃이 지나가는지
고갯길의 줄지어 선 간판 글자들
딱 한 글자로 삶이라고 읽고 싶은데
삶이라는 글자에
왜 불꽃이 타고 있는지

수제비집을 거쳐
두 번째로 잘하는 단팥죽집을 거쳐
함께 걸어가는 외국인들
삶이라는 글자를 삼청동으로
대한민국으로 읽기를 나는 바라네
삼청동 오르막길은 예술을 읽는 길
오르고 다시 올라도
다시 오르고 싶은 삼청동길
왜 불꽃이 익고 있는지

왜?

밤새 문 닫아걸고 어둠 되었던

내 애끼발가락만 한 대문 밀치고

이른 새벽 삼청동길 오르는

내 손끝에 푸른 불꽃 열 개가 꺼지지 않는지

우연이 아니다

북촌으로 온 것은 우연이 아니다

할아버지 노방저고리 단추만 한 이 한옥도 우연이 아니다

나는 되돌아서서

다시 되돌아서서
느리게 느리게 북촌을 걸으며 되돌아서서
걸어온 내 생을 본다

산으로 둘러싸인 작은 마을 거창
가끔 하늘이 열리며 서울을 그리워하던 곳
어머니라는 말 친구라는 말 사랑이라는 말을 배운 일
그렇게 산에서 부산 바다로 다시 서울 한강으로
그게 어디 우연이겠는가
되돌아서서 바라보면 다 예쁘다

다시 돌아가진 않겠지만
결코 돌아가진 않겠지만

나는 지금
다시 되돌아서서
지난 시간들을 어루만진다

어루만지다가
노후의 계단을

시큼하게 본다

한옥 처마 밑에 꽃피는 빗소리

기와에 내리는 빗소리는
북소리마냥 두들기고
그 소리 처마 밑에서 꽃처럼 흘러내리네
한 뼘 마당에 내리는 비가 내 안으로 흘러들어
흘러간 시간들을 불러 모으네
저런 악기가 내 어릴 적에도 있었다
빗소리 콩닥콩닥 뛰었네
열세 살 잠 안 오고
저녁 잘 먹었는데 배고프고
자꾸 담 너머 누가 부르는 것 같을 때

설 설 설 스르르 주룩 우룩
비 내릴 때
장독대 옆 맨드라미가 내 맘 다 안다고
휘드득 웃었다

오늘 저 처마 밑에 피어나는 꽃들의 소곤거림
보던 책을 밀치고
음계를 맞추며 종일 비와 함께 나 피어나네

신문

이른 아침
딱 내 여고 교복 하얀 카라만 한 마당에서
가슴 떨리는 소식덩어리를 줍는다
따끈따끈하다

세계의 옷깃을 끌어당기며
탁! 하고 마당에 떨어지는 소리는 나를 깨우는 소리
한 면을 펴고 다시 한 면을 넘기며
나는 세상과 탁 터놓는 대화를 한다
너무 깊은 관계라 욕지거리도 하고
아아! 하며 감동도 하고 허리 한쪽이 시큰하기도 하고
한쪽 자리를 잡은 마음 울리는 시 한 편을 볼 때는
신문값을 빨리 주고 싶다

탁! 하고 마당에 신문 떨어지는 소리
세상이 나에게로 오는 소리
세상이 나에게 질문하는 소리……

오늘 무엇을 할 것인가?

허공 부처

가회동길 안국선원

사월 초파일 지나

연등 내렸다

불 꺼지고

부처는 그대로 있다

부처는 허공의 모습으로

몸 다 풀고

허공으로

앉은뱅이도 취한 노숙자도

가까이 곁으로 있는

뒤척일 때마다 몸 부딪치는

허공 부처

나의 의자들

열흘 여행에서 돌아와
고요의 내 집 문을 여는 순간
무진장 기다림에 지친
나의 의자들을 본다
책상 앞의 의자 식탁 앞의 의자 화장대 앞의 의자
흐물흐물 녹아내릴 것 같은
나의 의자들은 두 팔 벌리고 열흘을 저렇게 온몸 귀가 돼
내 발소리를 듣고 있었을까
사흘 나흘이 돼도 안 오니
온몸의 감각을 들추고 서 있었으리

저것들…… 저 신의 무릎 같은 평온을
나의 식구로 나는 기대었으리
너에게
서 있는 일은 벌이 아니다
평화의 방석으로 내 몸을 받아들이는

오직 나만 앉아 그를 의자이게 하는 것
열흘 동안 의자는 굶어 있었다

나도 마른다

붉은 고추 널어놓은
옆집 한옥 마당에
나도 누워 뒹굴면
온몸 배어나는 설움 마를까

그러려무나
물기 완전 날아가고
빈 젖 같은
마른 씨 안고 있는 화형 직전의 고추같이
바다를 제 몸 안으로 거둬들였음에도
바짝 마른 멸치같이

그렇게 아무 생각 없이……

음악이 내린다

계동에 비가 내린다
계동에 비가 내린다

물 부족 국가의 섬뜩한 등뼈 위에 비가 내린다
제한 급수에 한 모금 물을 입안에 녹여 먹는다는 때에

비가 내린다

곡선의 기와지붕 위에 해일처럼 솟구쳤다 쓸리는 비
비를 보는 일과 소리를 듣는 밤이 설레는데
이것이 굳이 빗소리겠는가

늦은 밤 한국 청년이 쇼팽이 되었다는 그 곡
영혼의 침묵도 쏴르르 꽈다당
빛이 폭포로
음의 폭포로
귀를 멀게 했던 나이아가라 이구아수 폭포 소리보다 강
렬하게
쏟아지는 현란한 그 곡

조성진의 피아노 협주곡 1번이

내 방에서 흘러넘치네

황홀로 나 지금 귀 머네

이 밤 빗소리가

꼭 그 청년의 손가락

연주 같기도 하는데……

모자라면 더 주겠다고 무한정 쏟아 내리는 반가운 비

한옥 처마 밑의 새소리

누가 불을 켜나
한지창으로 햇살이 아침 노래를 부른다
처마 밑에서 포르르 날아와 한지창을 쪼는 새 한 마리
내가 먼저라고 선창을 하고 햇살은 내가 먼저라고 다시
선창을 하고
참새 눈알만 한 내 방에 밝은 해와 새가 춤추고
창을 여니
해가 화투장만 한 뜰을 거쳐 딱 새 발자국만 한 방 안
에 가득하네

왠지 저 새 야릇하다
저 새의 말 노래일까 다급한 부탁일까 악수라도 청하는
것일까
참새 소리가 그치지 않고 아침을 흔드네
흐드러지게 날 부르네
누구냐고 묻고 싶었다

툇마루

애개개
강아지 혓바닥만 한 툇마루를 봤나
내 귀만 한 툇마루에 햇살 비치면
발바닥이 저릿하네
강을 천 개나 건넜는데
내 몸에
어린 발바닥 꼼지락거림이 아직 남았는가
고향집 툇마루에 앉아 마음으로 서울 그리던
열세 살
속마음이
이 어린 툇마루에 움찔거리네
집에 붙은 것이
내 몸에 붙은 몸같이
근질거리는
햇살 보듬는
앙증맞은 툇마루에 앉아 어린 하늘을 보네

대문 앞 쓸기

딱 밤톨만 한 대문 앞을 쓸다

누군가 담배꽁초를 버리고
나무는 잎을 떨구고
꽃잎은 마른 꽃을 내려놓았다
간밤 내 대문 앞을 지나가는 사람의 한숨
빈 주머니를 툭툭 털다 간 사람들의 흔적
끝내 손을 놓은 연인들의 아쉬움이 쓸린다

여름은 이제 배추 뿌리보다 작다

이른 가을 아침의 서늘한 기운을 토닥거리며
대문 앞을 쓸다가
어린 날 아버지가 마당 쓰시는 모습 어린다
가을보다 더 쓸쓸한 아버지의 굽은 등
그 안의
울음이 휘청
떨어진 나뭇잎으로 뒤척이고 있다

설움을 쓸다가 자신의 생을 모조리 쓸어 간

아버지의 혼(魂)밥처럼

가을은 문 앞에 와 있다

인공 눈물

너는 인공 눈물을 넣는가

넘치는 생의 해일이
몇 번 널 쓸어 넘어뜨리는 걸 보았는데
네 몸은 가뭄의 통점을 누르며
인공 눈물을 넣고 있다니

한 방울 넣어 보라 하네
눈물은 전염병
지금은 구호품인가

출렁 철렁
그 비릿한 것들
질퍽거리던 것들 다 어디 갔나

눈물 없는 병의 뿌리 쪽으로
사람이 자리를 비우고
절뚝거리는 짐승이 보이는 생의 저 안쪽
도무지 무심히 인공 눈물을 눈 뒤집고

넣을 수 없어

아예 나는
인공 눈물을 뒤로하고
눈물을 수혈하듯
짙푸른 초록 흘러내리는
저 먼 기억의 숲으로
발길을 재촉해 본다

거창을 다녀왔다

거창이라 쓰고 엄마라 읽는다
거창의 땅을 밟으면 엄마 품이다
거창을 다녀오면 한 사흘은 엄마 품이다
어디에서 오는지 저 청푸른 잎들 아마 엄마 만나고 왔는
지 몰라
나 만나면 주라고 쌀 과자 두어 개 싸 보냈는지 몰라
자꾸 내 눈길을 끄는 저 맑은 푸르디푸른 잎 하나가
5월 햇살과 맞먹는 이팝나무 하얀 쌀밥같이
나는 젖은 웃음으로 잎들을 만나네

거창을 다녀오면 한 사흘 콧노래가 나오지
원서동은 거창의 대동리 같다고
아니아니 계동이 거창 같다고
그건 아니지
가회동이 거창 같다고
좋은 것은 모두 거창 같다고
아니 북촌이 거창이라고
나는 한 사흘
아니 석 달 열흘을

모든 아름다움을 거창에 비유하게 되지
그리고 여기
내 엄마가 있다고 믿어 버리지
아주 빈틈없이 믿어 버리지

덕유산 모산

삼청공원에서 덕유산을 본다

덕유산을 가 보았는가
거창 초등학교 중학교 교가에도 나오는 덕유산을 가 본
적 있는가
멀리서 바라보는 능선들에 혼이 뺏기는
그러나 아늑해서 모든 걸 던져 놓고 안기고 싶은 능선들
너그러워서 넉넉해 보여서 어머니 같다는
그냥 어머니 하고 입에서 나오는 덕유산을 가 보았는가
그 너그럽고 넉넉한 능선
다 내가 낳은 것이다
무주와 장수 거창과 함양을 거느린 덕유산의
기암절벽들 구천동 계곡 향적봉
그 장중한 능선의 백두대간들
다 내가 낳은 것이다

저 지혜로운 삼신산 지리산도 아는가 다 내가 낳은 것
이다
구릉 위에 떠 있는 준령마다 영기가 서려

천왕봉 반야봉 노고단의 신령스러운 정상의 하늘 손 내미는
정기도 지릿한 어머니 산

덕유산 말씀이
어머니 말씀

삼청공원이 내게 이르신다

메르스

계동 골목이 텅 비었다
가회동 골목이 텅 비었다
원서동 골목이 텅 비었다
심심한 창덕궁 삼청동 소나무 바람이
어슬렁거리며 흔들리고
라디오선
또 한 사람이 사망하고 또 세 사람이 격리되고
또 다섯 사람이 확정이라고 말하고 있네

텅 빈 북촌 거리에
불안이 밀려다니고
월세금을 걱정하는 한숨만 태극기 주변을 흐느적거리네

살아 움직이는 사람들의 발길이
그립고 그리운 오후
나라가 너무 작아 보이는 두 눈에
무슨 안경을 씌우면 될까

메르스는 사람을 데려가고

사람을 갈라놓고
사람을 무서워하게 하는데

이런 격리
사람을 피하고
사람을 등 돌리는

인간 최악의 벌

오는 봄

영하 20도
가장 높은 나무 위에 나를 놓아둔다
가지가 휘청거리는 순간
전력을 기울여 가지를 잡는 아찔한 순간
지상에는 나뭇가지 하나뿐이야
내 생에 가장 가까운 몸
이미 가지로 이동돼 버린 내 몸
가지보다 더 가느다랗게 경직된 생명

지상엔 한 찰나 내가 없었다

온몸을 가지에 붙이려는 의지만이 불꽃 되어
얼음 바람에 타오르고
드디어 생명 하나 파르르 떨며 숨이 자지러질 때
혹한 바람이 마지막 잎새까지 지우려는 찰나
내 몸 업은 가지 우드득 꺾이려는 그런 찰나

지상에서 가장 애틋한 언어는 무엇인가
혀가 잘려도 해야 할 말은 무엇인가?

그 무엇이라고 생각되느냐?

겨울 수업은
오늘 종강이다

독방

창이 헐거워졌다
그만큼 나와 말이 많았다

방문은 한지가 너덜너덜 찢어졌다
내 독백이 너무 길었다

벽지는 얼룩이 흉하다
눈물 콧물이 잦았다

이 방의 어둠은
왜 이리 질긴지
손톱이 들어가지 않네

파랗게 번뜩이는 야광 시계의 분침이
과도(果刀)만 하게 나를 겨누고
어슴푸레 비치는 처마 끝은
긴 칼이 되어
나를 오들오들 떨게 하네

열쇠 구멍보다 작은

이 독방은

오늘 날 겨누는

흉기

독감

헛발 디뎌 미끄러지는

1월 늦은 밤은 살얼음

바람까지 사나워 어디서 뺨 맞았는지 잔뜩 화가 난 밤

문이라는 문은 다 닫고 마음도 닫고

온몸의 살과 뼈 피까지 옹골지게도 앓는 밤

누가 맘먹고 새 호미로 온몸을 조근조근 찢어 대는 밤

그것도 모자라 덜컹거리며 머리 디미는

시베리아 극지의 칼바람 견디니

외로움의 '외' 자가 벌떡 일어나

푸르게 번뜩이는 긴 칼을 뽑아 바람을 자르네

북촌 가을

한옥 기와 모서리가
맨드라미 빛깔로 물들며 솟네
이 집 처마와
저 집 처마가
닭 벼슬 부딪치듯
사랑싸움을 하네

알배기 햇살
쏟아지는 갈 오후
한옥 뒷마당에도
따뜻한 햇살 딩구네

한 말씀

속 텅 빈
바람 든 무 같은

구멍 숭숭 뚫리고
비틀비틀 시든

이런
고요한 폭풍에게도

하루치
엄하게 남긴 말씀이 있다

퉁퉁 불어 터져 던져지는
국수 가락에도

해 뜨고 해 지는 말씀이 있다

다정이라는 함

다정이라는 함 하나를 만들려고 해
누구라도 아늑하게 마음을 담는
함 하나를 만들려고 해
나무 중에는 동백으로 부드럽게 짜
수수백년 가게 하고 싶어

다감이라는 함 하나를 만들려고 해
누구라도 의지하고 말 터놓고 싶은
함 하나를 만들려고 해
나무 중에는 느티로 견고하게 짜
희로애락을 감싸 안으려고 해

다정과 다감이 결혼해
온순이와 온정이를 낳고
다정다감하게 기르면
툭툭 치고 때려눕히는 마음 다친 사람들이
온순이네 온정이네 집
웃음소리에 통증도 달아나는
그런 집이 저기 저 북촌 작은 골목길 안에 있네

구겨지다

아침 해 떠오른다

펴질까?

서쪽 하늘이 불붙어 타오른다

펴질까?

한 번도 쫘아악 펴지지 못한 어깨선이

쭈글쭈글하다

얼음으로 불이 된 마음 아니고서는

펴지 못할

이 구겨짐

반은 닳은 외할머니 은가락지만 한 한옥 앞에

쪼그리고 앉은

나

조각보 앞에서

세상의 모든 빛인가 그늘인가

나라도 고향도 기억도 맘 저림도
저렇게 똑같은 크기와 길이로
붙여 놓으니 입을 꽉 닫은 함구를 보는 것 같네

내 인생이야 저렇게 크기와 길이가 같을 수가 있겠나
어느 골목 깃발은 한반도를 다 주어도 모자랄 것 같고
할 말이 쿨쿨 쏟아지는 지역이 있다면
어느 골목 깃발은
살짝 흔들려도 온몸이 저려
꼼짝없이 입 열지 못하고 침묵을 지키겠네

어떻게 저렇게 같을 수가 있겠나
어느 생의 골목은
도무지 입도 열지 못하고 닫혀진 공백이 있고
어느 실핏줄은 몇 번이나 터져 꿰맨 흔적이 역력하네

뒤돌아보면 세계지도처럼

큼직하게 뻗어 그 끝을 모르고
어느 부분은 눈에 환히 보이는

울퉁불퉁한
내 생의 조각을
북촌 상가에 걸린 작은 조각보 앞에서 보네

신록 큐!

큐!!
누가 시작이라고 크게 외쳤나 보다
어디에서 어디까지 내 편 네 편을 가를 수 없이
온 천지에 신록이 번져 간다
막을 수 없었다
신록의 무대는 무릇푸릇 푸푸푸푸릇 번져 나간다
막을 수 없다
신록의 무대 언저리에 내가 있다 같은 무대에 존재하는
이 푸푸푸릇한 생
숨넘어간 사람 절대로 같이 설 수 없는 이 무대
시무룩하게 표정 어둡지 말자

시인의 집

계동 교회 앞

송곳니처럼
아기 삿갓처럼
솟은

저 집에
문예지 몇 개
배달부가 놓고 간다

저 집
시인이 사나?

보이지는 않지만
이 시대 문학의 아기 솟대 하나라도
저 집의 대문 안에 계시는지 물어라

2부

삼청공원

비 가늘게 내리는 날
우산 하나 마음처럼 펴고 삼청공원을 오른다
딱 적당하게 북촌이 젖어
공원으로 오르는 길은
긴 싸움을 화해한 것같이 가뿐하다

가는 비 사이 이리도 눈부신 것
5월의 신록이 짙어 초록 햇살이
내 정신의 휘어진 곳까지 비춘다

하늘은 계절마다 다른 햇살을 마련하는가

비는 비대로 옆집 예쁜 아이 같고
초록 햇살은 내일 도착할 다정한 편지 같은데
우산 하나 벗처럼 펴 들고 걷는
삼청공원
가끔은 한 생의 페이지에 이런 날도 있으니
이리도 눈부신 비 오시는 날의 초록 햇살

북촌 마을 안내소

북촌을 보시려구요?
오세요
대한민국 심장의 실핏줄을 알려 드려요
오세요
겨울에도 연연한 분홍으로 북촌으로 드시는 길을 가르
쳐 드립니다

다리가 아프신 분들은 좀 쉬세요
쾌적하게 첫걸음을 떼어 북촌의 설레임 속으로 걸어가
게 해 드립니다
흐리거나 비 오거나 햇살 반짝 눈부실 때
북촌의 솔깃 사이를 들어가 보세요
갈 겨울 봄 여름
언제나 귀하게 북촌 오시는 분들을 한옥의 치마폭으로
감싸 드립니다

바라보고 느끼고 서로 웃어 주면
한옥촌이 방그레 웃을 것입니다

보세요
뉘엿뉘엿의 가락으로
가볍게 서서히
가물가물의 시선으로
오밀조밀의 눈으로 보세요

두 발로도 보시고 마음으로도 보시면
극세공의 필치로 쓴 역사가 있고
핏줄을 뽑아 그린 화가의 그림이 있고
목숨으로 지킨 나라 사랑이 곳곳에 보일 것입니다
안 보면 서운하고 보면 가슴이 저릿한
그러나 단 한마디 아름다움이란 말 놓칠 수 없는
북촌

오세요
가을에도 새싹 같은 푸른빛으로 가르쳐 드립니다

유심사 터

잠 안 오는 밤
더러는 인기척 없는 새벽 어스름 때
대문 밀고 나가면 바로 있는
유심사 터
우국 인사들의 사랑방이었던 역사적인 집
지금은 게스트하우스가 된 대문 앞에서
만해 한용운을 부른다
대문 앞에 3·1운동의 주역이란 팻말을 한번 쓰다듬고
유심 잡지를 만들던 터라는 그 '유심'이란 글자를 다시
쓰다듬고
선생님! 하고 몇 번 불러 본다
승려도 남자 아닌가
아니 그분은 님의 침묵을 쓰신 시인 아닌가
흰 두루마기 옷고름을 매면서 대문을 여신다
손에는 먹물이 묻어 있고 한 손에는 붓을 들고
눈은 너무 깊어 한 열흘 잠을 쫓은 모습이다
그거 다 두고 바람이나 쐬자고 하니
그거 다 두고 나가자고 하시네
뭐하는 여자인지 묻지도 아니하시고

아니 내 얼굴조차 아예 안 보셨지만
우리는 계동 중앙고보 숙직실에 들러 운동장을 걷다가
여기서 백담사는 멀지요? 하니
그윽하게 그쪽을 바라보시기만 하다가
계동 골목을 나란히 내려오고 있었다
이게 무슨 홍복인가
나는 제법 간이 커져
손이나 한번 잡자고 큰맘 먹고 옆을 보니
봄 재촉하는 바람만 겨드랑을 파고 흐르고 있었다

북촌의 얼굴

거울을 들여다보면서도
자기 얼굴이 궁금한 사람 있는가
진정한 자기 얼굴이 궁금한 사람은
계절 관계없이 북촌을 걸어 보라

저기 걸어가는 사람
히잡을 쓴 저 여자들
저기 두리번거리며
무엇을 찾고 있는 영국인 부부
길거리 음식을 먹으며 왕 왕 즐거운 중국인 가족들

자세히 자알 들여다보면
바로 그대 얼굴이다

하늘과 산과 한옥들 사이
풍경보다 아름다운 여백이나
한옥의 처마 밑에 마음이 홀려
잠깐 허기를 잊은 듯 주변을 도는 할미새 날갯짓도
모두 그대 얼굴이다

마음 한 줄기 금이 가

저릿 아프거나 할 때 북촌으로 와 걸어 보라

거기 또 하나의 얼굴이

커다랗게 걸어오는 것을 보리라

정선 장승업* 청전 이상범**이 그린 듯

그대의 자화상

북촌을 걸어 보면

분명 그대 얼굴을 만나게 되리라

* 호는 오원(吾園, 1843~1897). 조선 후기의 화가.
** 호는 청전(靑田, 1897~1972). 독창적인 산수화를 개척한 동양화가.

계동 백 년

계동은 골목으로 시작된다
골목이라는 고소한 양념이 북촌을 특촌으로 만들어 내
는데
이 골목 저 골목이 모두 역사의 현장이다
어느 한 골목도 놓치면 안 되는 다정한 골목
그 골목 안에 역사의 부리부리한 눈이 있다
1914년
계동이라는 명칭이 등록되었다
계동에서
계동 아낙들이 왕이 세수를 한 궁에서 흘러나오는 물에
빨래를 하는
빨래터를 지나
다시
일제 시대가 흐르고
한국 전쟁이 흐르고 새마을 운동 산업화 시대가 흐르고
알파고 시대가 왔다

창덕궁 1길 대로변에는
몽양 여운형의 집터가 있다

그 옆 보헌빌딩은 1945년 해방 후
조선 건국 준비 위원회가 창립한 곳이다
다시
중앙고등학교 계동 1번지
거기도 조국을 지키는 모임이 비통했다
1919년 3·1운동은 중앙고보 숙직실에서 불붙었다
바로 이웃인 유심터가 그랬고 계동이 나라 지킴으로 숨
가빴다

지금은 카페 천국이 돼 버렸지만
계동을 밟는 사람들은 계동의 피가 지금도 뜨거운 것을
안다
지금도 스치면 불붙는 것을 안다

계동 백 년은
한국의 푸른 피요 붉은 역사 아닌가?

안국역

　나 살던 수서역에는 고단한 피로가 밟히고 대모산 긴 옷자락이

　싸늘한 바람으로 목을 감싸는 귀가가 있었다

　10년 넘게 들락거렸다

　내 생의 역에 수서역이 멀어지고

　안국역이 거의 매일 내 눈에 밟힌다

　안국역에서 안국역으로

　안심하게 돌아오는 겨울 저녁

　시린 손으로 코스모스 한 잎 같은 대문을 열면

　코스모스 두 잎 같은 마당에

　영하 10도라는 낯익은 손님이 기다리네

　덜덜 떨리는 한옥방에서 이불을 세 겹으로 덮고

　새벽 세 시 문학 잡지들을 뒤적거리며 창을 한번 열어보는

　이것이 안국역인가

　내 우울이 털실 모자를 쓰고

　장갑마저 내놓으라고 떼쓰는 밤

　내 몸에 거느린 질병들도 늙고 낡아 절룩거릴 때

　창덕궁의 나무 바람과 삼청공원의 숲 바람이

서로 손잡고 내 집 앞을 거쳐 경복궁으로 가는 시간
내 생의 안국역이 아직은 안녕한가

계동 무궁화

계동 교회 앞마당에 화들짝 핀 무궁화 두 그루
보랏빛과 흰빛이 잔잔하게 대한민국을 부르며 피어 있다

문을 열면 더 활짝 피며 인사를 하는 무궁화
흰빛 무궁화는 남자이고 보랏빛은 여자라고
두 그루 나무는 부부라고 나는 생각한다

이 두 부부는 크게도 웃지 않고
그렇다고 할 말을 못하는 숙맥도 아니고
지나가는 사람들 모두 인사하고
교회 찬송가가 흐르면 넘실대면서

신바람도 있고 겸허도 있고
비바람 칠 때는 그렇다고 꺾이지도 않고
계동 골목을 은근히 밝히는데
어린아이를 안고 가는 어머니가
아이에게 무궁화를 가르치는 것이 계동 교실이구나

그 부부가 서로 꽃을 내릴 때는 어찌나 단정한지

꽃잎을 도르르 말아서 똑 똑 떨어지는데

진 무궁화를 주워 조심스럽게 꽃잎을 펴 보면

오늘 살아갈 대한민국의 의지가 적혀 있다고 믿는

내일 살아갈 대한민국의 도전이 적혀 있다고 믿는

부부가 서로 말로 못하는 것을 겨우 마지막 떨어져 내리며 마음 전하는

계동 골목길 무궁화 부부

한옥

한옥은 북촌의 어미인가
북촌은 한옥의 자녀인가

아무래도 한옥은 심장 소리가 나는 사람이다

함부로 자태를 구기는 심장만 뛰는 사람이 아니라
다소곳하며 당당할 때를 잘 아는
할 말은 하고 화는 참아 내는
인격이 높은 사람이다

팔을 죽 뻗어 어느 허공을 가리키는지
그 팔 맵시가 우아하여
처마 밑에선 공손히 허리를 굽히고 싶다
그 멋스러움 가까이 우러르고 싶네

그 멋스러움에 가까이 귀를 대면
이 사람 감정 또한 다정하여
한지 창 사이로 스미는
나무 향 사이로 스미는

햇살과 연한 바람으로 사랑 이야기가 끝없어라

따뜻하고 아기자기한 기품이여
한옥은 살아 있는 사람
살아 있는 사랑
오늘도 크게 숨 쉬며 사람을 받아들이네

계동 아리랑

아리랑 아리랑 아라리요 아리랑 고개를 넘어가네
나를 버리고 가시는 님은 10리도 못 가서 발병 나네

좁은 한옥에서는 생각할 수 없는
기지개 펴며 목욕하는 목욕탕이 사라진다네
50년 40년 매일 다니던 목욕탕은 그냥 목욕탕이 아니네
하루를 살아 내는 의지며 위안이었네
할머니들이 서로 등 밀며 마음도 밀어 주던 남루한 목욕
탕은 좀 가난한 친구였네
가난하지만 온몸을 녹여 주는 목욕탕이 사라지는 건
영감이 눈감는 만치나 서럽고 아쉽네

철물점이 사라진다네 딱하게 보이는 이발소도 곧 사라진
다네
약국도 사라지고 없네
위태로운 세탁소는 그저 고마운 것이고
계동 골목까지 쳐들어오는 개발 붐이
중국 사람들의 관광 환호로 한국이 좀 커지기나 할 것
인가

삼청동 환한 신록도 의심 찬 눈으로 고개를 갸웃거리고
창덕궁 큰 나무들도 서로 어떻게 돼 가느냐고 물어보곤
한다
계동은 새 옷 입느라 분주하지만
무엇이 아쉬운 채로 입 다물고 왔다 갔다 하는
사람들이 아침 골목에서 인사를 하네
계동은 서울이 아니라 계동이라고
불안하게 잠들고 의구심으로 눈뜨는
옹기종기 한옥들이 서로 부딪치며 의지하는
계동

야채왔엉요오!!! 과일이왔엉요오!!!
아침이면 트럭이 사람을 불러 모으는
시골 정서가 살아 있는 곳
겨울밤에는 차압살떠어억을 외치는 소리가 정겨운
계동은 어디로 가고 있는가
날마다 사람들이 온몸으로 변화의 냄새를 맡는
계동 아리랑

동림 매듭 공방

오늘 네가 오면

락고재*에서 하룻밤 자고 싶다
뜨란채**에서 하룻밤을 새울까
마당엔 소나무 소리 살랑살랑 속삭이고
오백 년 전으로 여행 온 것같이 설레겠지

한옥 나무들이 뜸한 침묵을 향으로 채우는
여기가 진정한 한국 속의 한국인가
바닥은 절절 끓고
한옥 침실이 고즈넉하고 화평하겠지

한옥에 어울리는
단아한 아침을 먹고
모과차 한잔을 마시면 흐뭇하여라

동림 매듭 공방에 가면
너는 온몸을 웃으며 행복해할 거야
한국 공예는 한국의 숨소리다

한국의 예쁜 미소다

견디고 견딘 인내를 야무진 한국의 손으로
펴고 구부리고 돌돌 만 그 지혜로
노리개 허리띠 주머니 선추 유소를 보게 될 거야

이 동네는 눈이 바쁜 동네
현대에 어울리게 재창조한 한국인의 기량
심장이 움찔하게 피가 당기는
우리들의 진정한 한국적인 한국을 보게 될 거야

가회 민화 박물관, 북촌 공예 체험관, 한상수 자수 박물관도
머뭇머뭇 들어가 눈이 반짝하게 행복해지지

조금 더 현대로 가 보고 싶다면 민속 박물관
추억의 거리 다방에 가서 커피를 마시며
70년대 음악을 듣노라면

우리는 조금 더 맘을 트고 다정해질까
서로 우리를 원하게 될까
시간도 많지 않고 재미도 없는 이 세상에……

* 북촌 계동의 소나무가 있는 넓은 돌마당의 정취가 편안한 한옥 호텔이며
  진단학회 창립터이기도 하다.
** 90년 된 한옥 게스트 하우스다. 언덕에 자리해 북촌 전경을 한눈에 볼
   수 있다.

가회동 성당 1

여기가 성당인가?
의문 하나 들고
이끄는 손길이 머무는 한옥을 들어서면
가슴 저릿한 아기 예수님을 안으신 성모상이 있다
그 옆 계단을 오르거나 바로 들어서면
가회동 성당의 역사가 보인다

그때부터 허공을 걷는 마음이 높이 걸린 것 같은
여기가 내 생의 중심인 것 같은
이곳이 내 혼의 종착지인 것 같은
아니
내 생의 출발 지점같이
들뜨고 어지럽고 핑 눈물 퍼지는 기쁨의 계단을 오르
리니

종로구 북촌로 57번지
북촌의 어느 땅이건 다 성지다
한국 교회의 첫 미사 봉헌이 여기에서 이루어졌으니
1795년 4월 5일이다

조선 땅에 처음으로 하늘을 연 주문모 신부님의 첫 미
사가
　　북촌에서 울려 강북이 종로가 한강이 강남이
　　높이 쳐든 성체처럼 조선을 대한민국을 울렸으니
　　을묘박해 신유박해의 피바람 속을 늠름히 걸어
　　여기 가회동 성당은
　　고요히 고개 숙이며 거룩하게 서 있으니

　　지금도
　　최인길 윤유일 주문모 강완숙이 순교한 피의 외침이
　　몇백 년 가라앉고 갈앉아도
　　귀 오므려 잘 들으면 잘 들리고 있으니
　　박해의 뿌리였던 왕조가 다시 믿음의 잎을 피우니
　　조선의 마지막
　　의친왕 이강 의친왕비 김숙은 '비오'와 '마리아'로 마침내
세례를 받으니
　　순교의 피가 다시 살아 승리했음을 알리다

　　누가 이런 역사를 이끌었나

마침내 모두 무릎을 꿇고 신앙의 한 입자로 뭉쳐 두 손을 높이 올리니

　여기 긴긴 역사의 찢어진 상처와 멍을 껴안아 호호 불어 주시는 분

　여기 계시니

　구부러지고 휘어지고 절룩이고 삐뚤어지고 입 돌아간 병신들

　못나고 무식하고 가난하고 마음조차 찾지 못하는 사람들

　눈 안에 들듯 작지만

　안아 주고 보듬어 주는 사랑의 피가 도는 곳

　믿음의 꽃 역사의 나무가 출렁이는 기적의 땅

　가회동 성당

　오늘도 배회하고 헤매고 그리운 것 찾다 지쳐 찾아오는 사람

　가회동 성당은

　지금도 두 팔 벌려 우리를 기다리는 품이 넉넉하다

가회동 성당 2

새벽 다섯 시
대문을 밀치고 골목길을 나선다
어둠이 막 검은 옷을 벗고 푸르스름한 새 옷으로 갈아
입는 시간
가로수 소나무들도 서둘러 일어나고
삼청공원의 바람도 이른 세수를 하고
한옥 마을이 잠을 털며 눈 비비는 시간
두 손 두 발 두 눈 두 귀가 모두 하나의 생각에 합친다
가회동 성당 문을 밀며 들어서면
창 너머로 들어오는 푸르른 빗살 받으며
성호를 긋는다

태초에서 지금으로 지금에서 태초로
시간의 사잇길로 광활한 빛이 흐른다

내 몸은 사라지고 영성으로 마주 잡은 두 손으로
한 찰나를 지나면
손을 내밀면 왈칵 잡히는 손이 있다
울컥 치받는 온몸 저릿한 기쁨이 있다

미사가 주는 선물은 여러 제곱으로 계산해도 끝이 없다

"평화를 빕니다"

딱 미사는 여기서부터 다시 뜨거워진다

"한 말씀만 하소서 제가 곧 나으리이다"

재동 백송*

그 옛날 창덕여고
내가 처음으로 '선생님'이란 말을 듣던 교생 시절
인생이 철철 눈부심으로 차오르던 스물한 살
지금은 이름도 무거운 헌법재판소다

아침마다 산책길에 한 번 인사하고 귀가 시간에도
고개 숙이고 지나가는 백송 한 그루
저분이 우리나라 역사를 바라보면서도
그 흰빛을 잃지 않은 오직 대한민국의 빛
나무를 바라보면 웬지 고개 숙이고 마는 백송 한 그루

두 갈래로 나뉜 저 백송이 한반도의 지도를 만들었는가

흰 호랑이의 흔적일까 오백 년 선비의 두루마기 옷자락
인가

왜 두 갈래로 뻗어
더 마음 아프게 하는 대한민국 백송
백의민족의 그 빛 하나로 뭉쳐

저 두 갈래가 한 아름 원이 되어 서로 만나는
하나의 뿌리를 여기서 보네

* 헌법재판소 안에 있는 수령 600년 백송으로 천연기념물 8호이다.

인력거

미니스커트 입은 아가씨를 태운 인력거
가회동을 삼청동을 달리네
노오란 모자를 쓴 젊은이가
인력거를 몰고 가네
중국인 부부를
영국인 부부를
태운 인력거가 계동 골목을 달리네

2015년 8월 1일
햇살은 오로지 북촌에만 내리듯 절절 끓는 거리를
한복 나란히 입은 프랑스인 부부를 태우고
삼청동 골목길을 달리네

저 인력거를 탄 사람들
모두 황진이다

고개 갸웃 숙이고 인력거에서 내리는 황진이
시를! 사랑을! 남자를! 권력을! 약속을!
표정 하나로 천하를 호령한 그 여자

저것 봐 인력거다!

순간 몇백 년 전으로 인력거를 몰고 가네
북촌에서는 과거와 현재가 없네

옹기종기 한옥마을에서
한국 속살의 향기를 맡네

인력거를 탄 사람이나
인력거를 바라보는 사람 모두
한 시대를 넘어가고 있네

한복 데이트

스무 살의 여자 남자가
한복을 입고 거니네
어여뻐라

저기도 아니 여기도
갓 스물이 부족한 앳된 아가씨가 남친과 더불어 한복을
입고 가네
머리에는 갓과 조바위를 쓰고 있네
북촌이 따뜻한 외갓집 마당 같구나

나도 한복을 입고 거닐어 볼까
마음까지 백 년 전으로 돌아서
선비의 아내가 되어 걸어 볼까

북촌은 한복이 어울리네
가회동을 계동을 삼청동을
젊은이들 나란히 한복 입고 거닐면
북촌은 사계절이 꽃피는 봄

영춘화 개나리가 진달래가 화들짝 피어나고
매화며 목련이 귀하게 자태를 뽐내고
벚꽃이 북촌을 화려하게 꿈꾸게 하고
백일홍이 맨드라미가 화사하게 웃네
코스모스가 손 흔들며 산들거리는 북촌

한복 입은 젊은이들이 거리를 걸으면 북촌이 확 살아나
자연의 정원이 되네

한복 입은 젊은 남녀가 거리에서 키스를 하네
카랑카랑 웃네
서로 손잡고
화사하게 고궁 나들이를 하려는가
한복은
사랑의 또 다른 무늬다

백인제 가옥*

1913년 일제강점기에
압록강 흑송으로 한옥을 지었느니
아니 그것도 새 첨단의 한옥 안채를 이층으로 지었느니
한옥의 곡선이 이리 눈부시구나

일본식 복도와 다다미방이 저리게도 시대를 이해하지만
여기에 이렇게 한옥으로 지을 수 있었던 건 요행이었지
솟을대문에다가
넓지만 아담한 앞마당이며
시대를 앞질러 간 안채의 우아함이며
곡선으로 이어진 정원이 참 예쁘기도 하네
그렇게 무지한 일제강점기의 창 칼 부딪는 소리 속에
한옥으로 서서 백 년을 넘어
지금도 아름다운 백인제 가옥
두 손을 뻗어 올린 듯 기와 처마가
시대의 바람 속에도 꺾이지 않고 자존과 명예를 간직했
구나
중국인이 서양인이 관광으로 떠밀려 와
사진을 찍는 모습이

왜 이리 시큰한지 몰라

한옥의 이름으로 살아 낸 시대의 부스러기를 털어 내고 있는

북촌의 겨울 오후

---

* 1913년 한성은행 전무였던 한상룡이 건립해 한성은행 최선익을 거쳐 1944년 의술계의 일인자였던 백인제 선생 소유로 다시 서울시로 돌아왔다. 건축적·역사적 가치가 있는 민속문화재 22호로 지정되었다가 2015년 11월부터 일반에게 공개되었다.

정독도서관

경기고등학교 젊은 피가 왁자했던 곳

북촌의 명치끝에 딱 자리 잡은 곳

오는 이 가는 이 한번은 들러

북촌의 숨소리를 듣는 곳

책의 혼을 만나는 곳

죄도 악도 슬그머니 책을 들추는 곳

정신이 번뜩 푸른빛으로 번지는

예술의 순이 여기저기 돋는

홀로 길을 찾지 못하는 사람이 마음의 길 하나 트는 곳

흐린 날에도 창공의 푸른빛 한 줄기 잡아 자기 앞으로 끌어오는 곳

잠시 등나무 밑에 앉으면

오싹하게 저들끼리 꼬이고 꼬여

하늘 덮어 사람들 쉬게 하는 곳

피 한 방울 흘리지 않고 등나무끼리 무슨 전쟁이 지나갔는지

너 아니면 못 살겠다고 저리도 비통하게 서로 몸을 섞어 버렸는지

그러나

사람의 얕은 해석은 깔끔하게 버려라
등나무는 오로지 사람들을 쉬게 하려고
등꽃 푸른 등을 꼼꼼히 켜 마음까지 비추며
잠시라도 쉬어라 쉬어라 한다

몸도 마음도 쉬며 배불리 얻어 가는
정독도서관

석정 보름 우물터*

계동 골목길로 들어서서
만해당과 김성수 기념관을 지나
중앙고등학교를 향해 오르다
귀를 잡아당기는
석정 보름 우물터 앞에 서 보라

가만히 서 있어도 머리 맑아지는
금방이라도 1794년 주문모 신부님이
이마에 성수를 뿌리실 것 같은
김대건 신부님이 선뜻 나타나 축원을 해 주실 것 같은
이 보름 우물터는
지금 우물 형태만 남아 있지만
지금도 성수(聖水)의 혼 깨우는 힘이 저릿하게 느껴지는 곳

주문모 신부님이 조선 땅의 첫 미사 때 성수로 사용한
이 우물은
아들을 얻고 싶은 사람의 소망을 들어주고
천주교 박해 때는 이 물이 써 마시지 못했다니

영험하여 우물 앞에 무릎을 꿇는 이 왜 없었겠는가

마음 제자리 있지 못할 때
주문모 신부님과 김대건 신부님에게 성수를 받는 간절함
으로
보름 우물 앞에서 나는 마음을 씻는다

몇백 년이 지나도 지워지지 않는 그 우물 맛
오늘은 그 터 앞에서 참사랑의 무늬를 어루만지며
탁한 목을 적시네
곡진한 무릎이 울리네

물은 없지만 불의 마음은 남아
이리도 불이 제대로 타오르지 않는 내 신앙의 흉터를
가렵게 하는데

역사는 흘러가고
그 앞을 외국인들 떠밀리지만

그 명예 외롭게 터만 남은 석정 보름 우물터

* 주문모 신부와 김대건 신부가 우리나라 최초의 성수로 사용하던 우물이
다. 물이 보름은 맑고 보름은 흐려 보름 우물터라 불렀다고 한다. 물이
영험하여 아들을 낳는다 하여 인근 궁녀들도 마셨다고 전한다. 1987년
복원하여 덮개 덮인 마른 우물터로 잠들고 있다.

그 사람, 정세권*

서울 종로구 가회동
31번지
한옥마을

지붕 위를 보니
꼬막 한 접시
잘 차려 놓았네

옛 조선의 풍취가
이러한가

다정함이 슬기가
지혜로움이 가히 가득하구나

버선코 매무새처럼
살짝 들어 올린 처마선이
날렵하구나
나를 것도 같고
우아한 한복 여인 하나 걸어 나올 것도 같네

그런데
정세권이란 남자 한 분
흰 두루마기를 입고 걸어 나오시네
자신의 재물 다 바쳐 북촌에 한옥마을을 홀로 만드신
그 남자
고문을 당하고 옥고를 치르면서도
일본 속 한국을 심으려는 의지가
바로 한옥마을이다

그는 갔지만
여기서
대한민국의 세계적
곡선이 애국이 의지가
잡힐 듯 아쉬운 듯 살아 있구나

정세권 그 남자
대한민국이 손 한번 뜨겁게 잡아야 하네

칼과 총이 아니라

전통의 문화를 기어이 남기겠다고

흰 두루마기 펄럭이는 한국 정신으로

그 외고집 하늘 찌른

애국심 앞에

큰절 한번 올려야 하네

---

* 1930년대 북촌에 대규모 한옥 주택을 만든 건설업자. 물산장려운동 예
  산 절반을 대며 자립운동을 주도했으며 신간회에 참여해 독립운동을 도
  왔다. 조선어학회 건물을 희사하여 고문받고 재산을 다 뺏기기도 했다.

숲속 도서관

삼청공원에 들어서면 바로 도서관이다
안과 밖이 모두 책이다
밖에 책이 더 많다
봄과 여름과 가을과 겨울의 계절책이
수두룩 쌓여 있다

사람들은 도서관 안에서 책을 읽다가
밖으로 나가
나무숲들을 보며 장장 긴 연작 소설을 읽는다
어린아이 손바닥만 한 풋잎사귀 책에서
동시를 환하게 읽고
삼청공원의 맑은 바람으로
문자는 핏속에 저절로 새겨진다

왜 숲속 도서관의 책은 더 분명한지
세상 돌아가다 정신에 허기진 사람들
숲속 도서관에서
밑반찬으로도 배가 부르다
저 풍경 좀 봐

밑반찬은 꼭 우리가 알아야 할 자연의 영양을 몸에 부어 주고

날마다 마셔야 할 공기를 목에 부어 준다

저 숲속 도서관

푸짐한 정신의 유기농 밥상이 날마다 하루 내내 차려져 있다

창덕궁 돌담길

해의 걸음걸이가 조금 빨라진다
나는 해 그림자가 한쪽으로 기우는 시간
창덕궁 돌담길을 걷는다

얇은 어둠이 발끝에 걸리는 시간
한쪽 하늘에 확 불이 당기는 시간

돌담길 아래 온도가 내려갈 때
조각조각 큰 벽을 이룬 돌담 곁을 걸으며
조금 더 깊고 그윽하게 창덕궁 나뭇잎 소리를 듣는다

공간* 건물을 스쳐 지나가면
우현공방을 지나
마고 카페를 지나
티 뮤지엄을 지나면
담 너머에서 들리는 어둠 내리는 소리

나는 알아듣지도 못하면서 고개를 끄덕인다
원서동 골목에는 궁에서 살던 사람들의 목소리가 있다

그들의 발자국도 찾을 수 있다
그들의 침묵 속 골을 파고 흐르는 함성도 있다
저 하늘이 타고 흐르며 붉은 놀같이 내지르는 외마디도
창덕궁 담벼락에서는 들리곤 한다
발끝 시리는 어둠이 짙어지면
물컹한 외로움을 억지로 꿀꺽하는 서러움도 들린다

나는 한번도 나에 대해 말한 적 없지만
돌담길 위의 작은 기와지붕이 끝도 없이
내게 몇백 년 전 생을 풀어 놓는다
벌써 이 돌담길을 몇 번째로 돌고 있는가

눈앞에 고희동 가옥**이 온몸을 눈뜨게 하네

내가 근질근질한 내 생을 꺼내기 직전
급한 걸음으로 종이등이 켜지는 내 집으로 돌아간다

---

* 건축가 김수근의 공간 건물.
** 우리나라 최초의 서양화가 고희동이 살았던 집.

입춘대길

사천(沙泉) 선생께 입춘대길 건양다경(建陽多慶)을 받았네
그 글씨 이미 소문 파다한 솜씨지만
과분한 선물에 갑자기 대길하는 목소리가 들리네
나 급하다고 모과차가 좀 남았지만
벌떡 일어나 집으로 달렸지

닭벼슬만 한 대문 위에 엇비슷하게 두 개를 붙이고 나니
북촌 복이 이리로 막 달려오는 것 같아
소망 기원이 다 이루어지겠네
한바탕 굿보다 낫다는 이 필체가
왜 이리 배부른지
나에게 이제 생의 봄이 오려는가

여덟 자 글씨에
한 해의 의지가지를 다 기대고
눈엽(嫩葉) 돋는 나무들을 느긋하게 바라보네

입춘대길을 인생대길(人生大吉)이라고 읽어도 좋은가
문 열 사람도 없는데

이리 오너라!

크게 한번 외치며

대문을 활짝 열고 들어서네

북촌 궁궐 별장

내가 사는 집은 도토리 두어 개쯤 될랑가
그러나
나는 궁궐 하나를 별장으로 두었다
그러나 나는 궁궐 하나를 의젓하게 두고 시간의 사잇길
로 드나들고 있다
그래서 누구나 가지고 싶은
친환경으로 살린 나무로 된 그 궁궐
북촌이 종로가 다 내려다보이는 궁궐
무엇보다 살아 숨 쉬는 궁궐이다
살짝 귀띔한다면 삼청공원 그 자체가 내 궁궐이다
누가 이런 궁궐을 가지겠는가

어느 부호도 쉽게 가질 수 없는 내 궁궐은
내가 모르는 사람들도 자유롭게 드나든다
내가 마음이 큰 사람이라 그렇지 않은가
궁궐의 벽으로 짜 올린 나무들
대죽나무 참빗살나무 가죽나무 벚나무 귀룽나무
아직 내 궁궐의 이름조차 모르지만 온몸을 흔들며 날
반기고

친환경적으로 내 몸을 돌본다
새벽 여섯 시에 오르면 벌써 사람들이 몸을 풀고 있다
삶이란 옥죄는 것이라 내 궁궐에 와 몸을 푸는 것일까
내가 마음이 넓은 사람이라 내 궁궐을 다 내어주고

나는 두어 번 팔을 흔들다 내려온다
참빗살나무가 날 붙잡기도 했지만 아니라고 난 괜찮다
고 사양하면서
탱자알만 한 방의 이불 속으로 쑥 들어간다

골목 산책

계동은 골목으로 빛난다
골목으로 들어서 골목으로 돌아돌아
다시 골목으로 이어지는 계동
현대 건물을 지나
북촌 문화센터를 지나
만해가 살던 집을 돌아서
김성수*가 살던 집을 돌아서
정통 흑백사진관을 돌아서
60년대 영화를 돌리는 다방을 지나네
얼핏 오드리 햅번이 지나가고 있네
가게가 앙증맞게 선 골목길에서
어느 물건과는 마음이 닿아 미소를 띠고
떡볶이를 하나 사 먹을까
정애 씨가 굽는 정애 쿠키 하나를 먹어 볼까
버선 모양의 목걸이를 하나 사 볼까
구경으로 배가 부른 골목길을 돌아
다시 골목을 돌아돌아 골목으로 이어지는 골목 산책
가회동 한옥 성당 앞을 지나면
내 영혼이 점심 먹을 때가 되네

성호를 긋고 기도밥을 먹고
돌아서 오는 귀갓길은 참 복되고 가볍네

* 호는 인촌(仁村)이며 동아일보 창간자이다.

별궁길

인사동 들어가는 사거리를 지나다
한순간 꽃바람에 마음 흔들리면
돌아서라
돌아서서
풍문여고를 거쳐 별궁길을 걸어 보라
좌로는 감로당길을 우로는 별궁길을 걷다 보면
잠시 흔들리는 마음도 화려한 이국길을 걷게 되리라
여기가 어느 나라인지
여기가 이상의 상상의 공상의 어느 나라 골목인지
발끝에서 성취감이 툭툭 터져
여기가 한국의 서울의 골목이라는
그것도 이름도 예쁜 별궁길이라는 것을

때론 차분하게 걸을 수 있다
고요를 만지다가 더 큰 고요로
나직하게 침묵의 길을 걸으면서
어쩌다 우와! 소리가 터져 나온다
쓰다듬어 주고 싶은 가게들이
사랑해 주세요

턱을 내미는 별궁길
별궁길 끝에는 조선어학회* 터가 있어
잠시 걸음을 멈춘다

골목을 걸어 나왔는데
꽃길을 걸어 나온 것 같은
북촌 별궁길의 나른한 오후

* 1921년 주시경(1876~1914)의 제자들이 한글 연구와 발전을 목적으로
  발족한 조선어연구회의 후신이다.

북촌8경

사람에게 심장과 폐 간이 있듯
북촌에는 그렇게 귀한 장기처럼
8경이 있어요

돌담 너머로 창덕궁이 보이면
북촌1경이 시작되는데요
돌담길을 오르다 그 골목의 끝에는
왕실 사람들의 흔적을 보게 되는데요
그럼 북촌2경에 서 있게 되는데요

조금 돌아서면 한옥들이 보이고
북촌로 12길이 열리면 북촌3경이지요
본격적으로 한옥이 한옥을 껴안고 있는 한옥 가족이 보
이고
이준구 가옥까지 보이면 북촌4경인데요

옹기종기 한옥마을의 한복판 가회동 내림이 되면
북촌5경이 됩니다
드디어 북촌 오름으로 한옥이 세상의 가장 큰 세상으로

보이면
북촌6경이 되는데요

한옥에 취한 얼굴로 고즈넉한 골목으로 들어서서
북촌 사람들과 마음까지 통하면 7경이 되고
삼청로로 내려가는
돌계단 길로 들어서면 암반 조각 하나를 큰 스승으로
만날 수 있는데요
거기가 북촌8경이랍니다

북촌8경은 서울의 숨 쉬는 장기 같은
대한민국의 심장이나 폐 같은
실핏줄 하나도 곱게 다스리는
바로 서울의 생명입니다

흘러라 흘러라 피여!

너는 북촌의 피다

네가 걸어오면
뒤에 너의 벗이 걸어오면
북촌은 길게 숨을 쉰다

오늘 북촌을 왔다면 너는 북촌의 피다

안국역에서 헌법재판소를 지나
명인 탈 박물관에서
예술의 옛 향기를 맡는 북촌박물관을 지나
오르다 오르다 보면
오고 가는 사람들은 모두가
북촌의 피다

북촌이 그리워
무작정 친구들과 약속을 하고
거리에서 아무나 잡고 한옥 오름과 내림을 묻고 있는
사람들 모두 북촌의 피다

거리 음식에 신이 나
우르르 서서
떡볶이 튀김 고로케와 김밥을 먹고 있는
외국인들도 다 북촌의 피다

북촌이 좋아 북촌이 궁금해
북촌을 걸어가는 사람들
오롯이 서울의 중심을 사람의 피로 수혈하는
사람의 뜻이
바로 북촌의 피다
길 잘못 들어 되돌아가는 발걸음도
다 북촌의 피다
오늘도 북촌은 펄펄 붉은 피가 흐른다
건강하게 숨을 쉰다

복수초

모자 깊게 쓰고 목도리 두툼하게 두르고
새벽 삼청공원에 오르다
오르다 오르다
바람 찬 잔설 위에 노오란 꽃망울 악! 소리 내며 본다

몸도 키도 작아서 다른 풀들에게 햇빛도 곤충도 다 뺏
겨서
홀로 몸에 머리 치받는 열을 만들어
누구보다 먼저 피어난다는 꽃
복수초를 본다

누구보다 먼저 꽃대를 올려
"살아 내자" "피어 내자"
오직 결의 하나로 얼음과 잔설을 차고 일어서서는
노오랗게 햇빛을 기어이 받아 내
생존 위기를 넘어선다는
21세기의 화두 같은
복수초를 우러른다

영하 20도의 혹한을

스스로가 비축한 몸의 열로 녹이며 괴력의 미소로 일어
서는

또 하나의 이름

얼음 속을 새처럼 나르듯 피어난다고

얼음새꽃이라 부르는 조금은 닮고 싶은

복수초에 조아린다

강한 사내보다 더 억척으로 피었지만

절정의 우아한 진노랑 여왕꽃으로

바라보는 이를 화들짝 놀라게 하는

이름도 무시무시한

복수초 앞에 절하고 싶은데

왜 복수초를 보면

명치끝이 지르르한가?

성모님의 옷자락

이른 새벽
목련 꽃잎 하나 같은 문 열고 어둠 한 가닥 당깁니다
잡고 보니 성모님의 옷자락입니다
검은 어둠을 당긴 것인데
푸르스름한 청색 옷깃입니다
만집니다 마십니다 끌어안습니다
순간 오늘 다시 태어난 미움과 증오가 술술 풀려 흐릅
니다

오늘 새벽에 태어난 미움과 증오는 아기 울음소리를 냅
니다
내 마음의 몸의 매듭들이 따라 웁니다
오후가 되면 미움과 증오도 나이가 듭니다
나이가 들기 전에 울음을 그치게 합니다

연한 새싹 같은 매듭들이 숨 쉴 때마다
말할 때마다 굵어집니다
근육이 굵어지는 시간마다 툭툭 튀어나오는
죄의 깃이 펄럭입니다

그때마다 허공을 잡아당깁니다
성모님의 옷자락이 잡힙니다

늦은 밤
청솔 가지 하나 누가 내 입술연지만 한 문에 달아 놓았
어요
나는 내내 안녕할 것입니다

잠들기 전 화해가 가능할 것 같습니다

울음이 없다

내 눈물 뿌리 한 가닥
삼청공원에 심은 적 있다
소문에 지난여름 삼청공원은 푸르다 했다
거기 푸른 만큼 어느 때보다 내게는 온몸이 가렵기만
했는데
싹은 돋지 않았고
내 눈물의 폐허 목말라 있었다

그간 나는 목을 헐어 울어야 할 일이 두어 건 있었으나
울음도 길을 잃었나, 내 안은 잦아지고 금이 가더니
우우우 섬뜩함만 남고 흐느낌은 누기마저 없었다
땅을 딛지 못해 휘청거리는 바람이 그 고요 안으로 섞여
가끔 부스럭거렸다

줄지어 선 울음들은 울컥울컥 저들끼리 어디로 몰려가
는지
뚜껑 열 리 없는 마음 하나만
겨울밤 손 시린 고요 안에서
붉은 핏기만 안고 파르라니 떤다

백색 수면제 한 알을 털어 넣고
완전 수면을 기다리면서
소리 없는 울음을 따라가 보려 했으나
울음이 울음을 어디까지 따를 수 있겠는가
시대가 싸늘할수록 울음은 안으로만 흐르는 것이냐
시들하게 질문 하나 허공에 던지고
눈물방울만 한 어둔 방 안에 누워
손 구멍 난 한지 창문 사이 몸을 찢느라 손톱 세우는
면도날 바람이나 휘 휘 쫓으며 밤을 보낸다

결혼기념일

녹음이 진저리 진저리
까르륵 꺄르륵 숨넘어가듯 운다

나는 나에게 잎을 달아 주기로 했다 무성하게 발목이
빠지도록
철철 초록이 흘러내리는 잎을 달아 주기로 했다
오늘 당신 없는 결혼기념일
이렇게 세상이 녹음으로 진저리 칠 때 어린 신부를 당신
은 기억하는가
사실은 나도 당신도 잊었던 결혼기념일 내가 나에게 잎
을 달아 준다
신부의 그 싱싱한 잎들은 어디로 다 떨어지고 없는지 풋
풋한 들판은
언제부터 삭막해졌는지 당신 손길 뜸한 지가 하 세월 너
무 오래되었다
농약 근절 친환경 재배
많이 들어 본 소리다만
너무 독한 세상에 찌든 순수 환경에 위배된
내 미끈했던 생은 성한 곳 없다 지독하게 상했다

거기가 어딘지

이불 확 덮고 당신에게 문자라도 쳐 볼 것인가 가거나
말거나 문자랍시고 쳐 놓았더니

앞산 시퍼런 잎들이 무슨 기별 받은 것같이 내 쪽으로
달려오는 듯하다

폭염 경보 주의보가 찍힌다

결혼은 폭염 경보 같은 것이었다

당신 없는 결혼기념일

푸른 잎들이 내 몸으로부터 자꾸만 멀어지고 있는 여름

여름이 간다

호오

에쿠 아프겠다
돌 위에 넘어져 정강이 다 까진
피맺힌 상처에 입술을 대고
호오오오 호오오오…… 불어 주던
그러면 절반은 아픔이 사라지던
외할머니 그 따뜻한 입김
그래도 내가 칭얼거리면 쪼글쪼글한 손가락에
외할머니 침을 발라
옜다 다 나았다 다시 호오오오 해 주면
아픔은 온 적 없이 사라지고
나는 폴폴 날아다녔지
나비같이 훨훨 날아다녔지
꽃잎 상한 채송화와 눈 마주치면
물방울 같은 입술로
호오오오 내가 불어 주면
호오오오 일제히 채송화며 봉선화꽃들이 웃음 터트리는
한순간 어머니 설움이 뚝 멈추는 여름 한낮

오늘 내게로 다가와

깨진 마음의 정강이를 불어 주고 있네

호오오오

텃밭

비 한 주름 지나가면 흠씬 풀들의 키가 자란다

오늘은 고개 바짝 들고 일어서는 모랭이 풀 이야기를 듣
는다

쓸모없다고 뽑아 버리는 풀들이 더 이야기가 많다

내 귀가 불쑥 자란다

북촌으로 이사 와서

구두 수선 아저씨 신문 배달 학생 참기름집 아줌마

철물점 아줌마 88이니 팔팔하제! 말 걸어오는 할머니

왜 낮을수록 사연 많은가

텃밭 밖에 서 있는 사람들

마음에는 있고 말은 없는 사람들

시여! 그대가 오늘은 입을 닫았는지 종일 기다려도 오지 않는다

텃밭 찾아 풀들의 사연 듣자고 여러 개로 접힌 가슴을 여니

시는 한 두어 자 받아쓰고는 다시 입 다물다

낮은 자의 사연도 줄 선 시인들이 다 받아 가져갔나 보다

시간 위에 놓인 계단
── 북촌을 거닐며

장석남(시인)

어떤 쪽인가 하면 단 한 번 지나치면서도 좋다고 느낀 장소에 대해 잊지 못하는 편이다. 사람은 한 번 봐서 좋아하기 쉽지 않지만 장소(를 만나는 시간을 포함하는 것이지만)에 대해서는 한 번만으로도 그곳 내가 좋아하는 곳이다, 라고 말할 수 있다. 공간에 대한 감각이 좀 별난 편인지는 모르겠다.

세상에 나서 맨 처음 아, 참 좋다라고 느낀 장소가 아직 생생하다. 서너 네댓 살쯤 되었을까? 바람이 씽씽 부는 추운 겨울날 집 뒤 무덤가 언덕 밑은 바람이 없고 잘 마른 황금빛 잔디가 푸근한 햇살에 데워져 있었다. 그리고 멀찍이 바람 지나는 소리와 가끔의 멧새 소리 외에는 고요했다. 백골이 묻혀 있는 장소라는 인식은 아직 없는 순수한 나이였으니 그 시간 그곳은 나를 끌어들이듯 부르는 듯했고, 응하면 그곳은 한없이 부드러운 고요와 햇빛과 푸르고 높다란 하늘의 '품'이었다. 아직도 나는 등에 전해 오던 그 언덕의 따스함을 잊을 수가 없다. 그 '품'에 안기면 미소가 저절로 흘러나왔고 무슨 조용한 악기라도 연주하듯이 적당한 흥에 겨워 나른하게 앉았었다고 기억한다. 불화한 가족을 피해 나온 피난처로서 적당했던 장소를 그렇게 순수하게 재구성하여 기억하고 있는지도 모르겠지만.

성장하면서 조그만 그 장소는 좀 더 범위가 커져서 골목(프라하의 골목)이 되기도 하고 건물(샘터사)이 되기도 하고 동네 전체(성북동)가 되기도 했다. 자연으로 치자면 큰 산의 골짜기(가을 한계령)라든가 바닷가의 풍경(제주 협재)을 만나 그러한 마음 상태로 변환되는 경험을 하곤 했다. 그러한 심사가 지금 내 삶의 자리를 큰 갈등 없이, 언젠가 한번 지나쳤던, 지나치며 참 좋다고 느꼈던 성북동으로 이끌었고 벌써 그곳에 첫 나무를 심은 지 이십여 년이 지나고 있다. 가을에 그 나무에서 감을 따면 두어 말이 넘는다.

성북동 집에서 시내로 나가는 길은 대략 세 갈래다. 혜화동 쪽이 하나요 삼청동 터널을 지나는 길이 둘이다. 대개는 이 두 길을 이용하게 마련이다. 자동차를 이용하는 손쉬운 길이기 때문이다. 나머지 하나가 사는 집 뒤쪽 '북정길'이라 불리는 가파른 길을 걸어 올라가 서울 성곽 아래로 난 석문을 통과해 창경궁으로 내려가는 지맥을 넘고 성균관 뒷산을 질러 창덕궁과 종묘로 내려가는 맥을 짚어 감사원으로 내려가는 길이다. 큰 개를 키울 때는 밤에 이 성대 뒤쪽의 정자까지 부지런히도 산보를 나갔었다. 서울의 동편 야경이 유감했다.

시내에 일이 있을 때 일부러 여유 시간을 남겨서는 이 길을 내려가곤 했다. 통일부와 감사원 사잇길을 지나고 나면 남산이 정면으로 내려다보이는 위치에 서게 된다. 곧게 내리닫는 길임에도 속도감에 치이지 않을 적당한 넓이와 분위기 때문에 내리닫이 길치고는 드물게 아름답게 다가서곤 했다. 이른바 북촌의 상단부에 해당하는 길이다.

이 길에 올라서면 자연스레 떠오르는 시가 있었다. 시의 가장 좋은 장점은 그 장소성에 대해서도 핵심을 압축적으로 환기시킨다는 점이다.

열대여섯 살짜리 소년이 작약(芍藥)꽃을 한아름 자전거 뒤에다 실어 끌고 이조(李朝)의 낡은 먹기와집 골목길을 지나가면서 연계(軟鷄) 같은 소리로 꽃 사라고 웨치오. 세계에서 제일 잘 물디려진 옥색의 공기 속에 그 소리의 맥(脈)이 담기오. 뒤에서 꽃을 찾는 아주머니가 백지의 창을 열고 꽃장수 꽃장수 일루 와요 불러도 통 못 알아듣고 꽃사려 꽃사려 소년은 그냥 열심히 웨치고만 가오. 먹기와집들이 다 끝나는 언덕 위에 올라서선 작약꽃 앞자리에 냉큼 올라타서 방울을 울리며 내달아 가오.

　　　　　　　　— 미당 서정주, 「한양호일(漢陽好日)」

　이 시의 풍경에서 열대여섯 소년 꽃장수의 등장은 상업으로서의 그것은 아니다. 먹기와집 즐비하나 생명성이 가셔진 마을(북촌은 조선 중후기 노론 집권 세력들이 주로 모여 사는 거주지였다.)에 생명력을 불어넣는 에너지의 상징이라고밖에 할 수 없다. '꽃장수 꽃장수 일루 와요' 하고 창을 열고 유혹해도 통 못 알아듣고는 그저 제 기분에 취해서는 가지 않는가. '먹기와집들이 다 끝나는 언덕 위에 올라서선 작약꽃 앞자리에 냉큼 올라타서 방울을 울리며 내달아 가'는 아이를 떠올려 본다. 자전거 안장이 아니라 '작약꽃 앞자리'에 '냉큼 올라타는' 마음을 헤아려 본다. 이런 신명의 소년이 있어서 이 땅에 예술과 문화와 '먹기와집'이 면면이 이어지고 있는 것이리라.

　이 소년의 자전거 방울 소리가 끝나는 지점 어느 모퉁이에 신달자 선생이 어느 가을 작은 먹기와집을 지었다는 소식을 듣게 되었다. 나는 내심 놀라고 반가웠다. 어쩌면 나의 꿈이 그것이었기 때문인지도 모른다. 나는 신 선생의 심사를 훤히 알기나 하는 듯했다. 그러고는 그 어름에 이르게 되면 두리번거리며 그분의 집을 짐작하기도 하고 또 혹시라도 그분의 모습이 지나치지 않을까 둘러보는 버릇이 생겼다. 옛 마을에서는 이상하리만큼 자주 아는 사람을 마주치지 않던가.

오래된 고을의 오래된 터를 파다가 횡재를 하기도 한다는 드문 이야기도 들은 적이 있다. 그 안에 보물이 숨어 있다는 뜻이다. 옛 고을의 지층에는 값나가는 물건으로서의 무엇이 아니라 우리가 떠올리고 되새기고 하여 삶의 양식으로 삼아야 할 시간의 흔적이 고스란히 새겨져 있는 것만은 사실이다. 북촌 가회동 길을 내려오면서 떠올릴 수밖에 없는 몇 가지 장면은 내게 시간 속 보물이 무엇인지 새삼스레 되묻는다.

우선 인왕산이 멀리 보이기 시작하면 겸재 정선의 「인왕제색도」가 떠오르고 그 그림이 그려지기까지의 아름다운 숨은 이야기가 바로 어제의 일처럼 나타난다.

간송미술관의 최완수 선생은 매우 흥미롭고도 결정적인 해석을 내렸다……「인왕제색도」의 제작 어름인 1751년 윤 5월 29일에 정선의 절친한 벗이었던 대시인 사천(槎川) 이병연(李秉淵, 1671~1751)이 죽었으며, 오른쪽 아래에 보이는 기와집은 바로 북악산 기슭 육상궁 뒷담 쪽에 있던 그의 집이라는 것을 고증한 것이다. 그렇게 본다면 임종을 코앞에 둔 육십 년 지기(知己)를 위하여 칠순 노인 정선이 혼신의 힘을 다하여 그려 낸 작품이 바로 「인왕제색도」였다는 것이다. ……평생의 친구를 잃을지 모른다는 위기감 속에서 그의 쾌

차를 기원하는 안타까운 마음을 담아 그렸을 것이라는 해석
이 가능하기 때문이다……. 생각 끝에 『승정원일기(承政院日
記)』에서 이병연 사망 전후의 날씨를 확인해 보았다. 이해 윤
5월은 초하루부터 18일까지 이삼 일 간격을 두고 계속 비가
오락가락하였다. 그러다가 19일부터 25일 아침까지 이레 동
안이나 지루한 장맛비가 줄창 내리더니 25일 오후가 되어서
야 오랜 비가 완전히 개었다. 그렇다면 「인왕제색도」는 바로
그날 오후에 그려진 것이 틀림없다……. 정선은 또 인왕산의
우뚝한 기상과 이병연 집의 끼끗한 선묘(線描)로써 오랜 벗
의 듬직하고도 고결한 인품을 상징하려고 했던 것 같다.

　　　　　　　　　　 ── 오주석, 『옛 그림 읽기의 즐거움』,

　　　　　　　　　　　　　　　　 겸재 「인왕제색도」 편에서

　안타깝게도 오주석 선생은 일찍 떠났지만 그가 확실하
게 고증해 낸 이야기는 이 그림을 나의 뇌리에서 풀리지
않도록 비끄러매는 역할을 하고 있으니 그림도 그림이지만
그 그림에 대한 해석과 주석 작업의 중요성이 무엇인지 알
게 해 준다.

　또 하나의 장면은 헌법 재판소 담장 너머로 보이는 백송
과 그 집터에 얽힌 장면이다. 그 집터는 연암 박지원의 집
터라고 되어 있다. 그의 불멸의 연행기 『열하일기』가 없는
우리나라 문학사를 상상할 수 없지만 더불어 나는 그의 손
자 환재 박규수 대감의 사랑방 이야기가 떠오르는 것을 어

찌할 수 없다.

박규수 대감의 사랑에서 이른바 개화사상이 보급되고 개화파가 형성되었으니 그 젊은 혈기들이 나라를 걱정하며 숨죽여 드나들던 모습의 상상은 닦을수록 새롭다. 꺼져 가는 나라를 깨닫는 일, 일신의 안일만을 추구하지 않은 젊음, 목숨을 바치기로 하고 앞으로 나아간 일…… 비록 그 결과가 참담한 것이었다 할지라도 북촌의 핵심에 위치했던 그 백송 아래의 어른대는 젊은이들과 오경석, 유대치 등 중인 선각자들의 그림자가 아직도 보이는 듯하다.

또 한 가지 향기로운 장면이 있으니 이른바 백탑파(白塔派)라고 불리는 모임이다. 원각사지 10층석탑이 화강암 탑이어서 백탑이라 불렸고 그 우뚝한 모습이 보이는 근처에 박제가, 이서구, 유득공, 이덕무 등이 연암 박지원을 수장으로 하여 모여들고 서로 드나들며 실사구시파의 실학파를 이루었다. 또 함께 앤솔러지 '사가집'을 엮는 과정을 상상해 그려 보는 일은 향기롭기 그지없다. 이백여 년 전의 일이지만 '백탑(백탑은 현재 유리에 싸여 마치 갇힌 시간을 연상시킨다!)'에 다가갈수록 그들의 정신과 시는 불과 얼마 전의 그 것처럼 느껴진다.

각각 몇백 년의 시차를 두고 지나간 역사의 풍경 속을 치밀하진 못할지언정 상상으로 얽어서 어림어림 걸어가 보는 일은 자체로 하나의 뿌듯한 독서라도 하는 듯하다.

몇 년 전 창덕궁 앞에 있는 시인협회 사무실에 몇 번 나갈 일이 있었다. 신달자 선생이 시협 회장을 맡아 하던 무렵이었다. 나 같은 능력자로서는 그저 공밥이나 얻어먹으면 되는 행차였다. 그때도 나는 위의 북촌 길을 그러한 상상을 곁들여 내려오곤 했던 듯하다. 그때마다 그 등장하는 인물들(모두가 시인 아닌 사람은 없다!)의 내면을 들여다보는 일은 뜻깊은 일이었다. 사람의 인연은 알 수 없는 것이니 신 선생이 협회장 임기가 지나고 북촌 언저리에 순수 한식의 겸양한 작은 집을 짓고 오신 것을 알았다. 그리고 그 감흥이 컸던지 가라앉기 전에 부지런히 시로 옮기셨다는 말씀을 들었다. 옛날의 지리와 옛 사람의 향기와 옛날의 문장과 시 위에 지금의 풍경과 지금의 향기와 지금 사람의 느낌이 또 한층 아로새겨지는 일은 얼마나 뜻깊은 일이겠는가. 선생의 다음 시가 다시금 북촌의 작은 한옥 집을 볼 때마다 떠오르리라.

주소 하나 다는 데 큰 벽이 필요 없다

지팡이 하나 세우는 데 큰 뜰이 필요 없다

마음 하나 세우는 데야 큰 방이 왜 필요한가

언 밥 한 그릇 녹이는 사이

쌀 한 톨만 한 하루가 지나간다

──「서늘함」 전문

　우리 삶의 시간은 실로 '쌀 한 톨만 한' 크기일 것이다. 옛 역사에 되비쳐 제 사는 장소를 사랑하고 제 사는 시간을 성찰하고 제 사는 숨결을 노래하는 것이 시인이라는 것을 새삼 되비쳐 주는 시집이 아니겠는가. 대선배의 시집 말미에 송구스러운 글을 덧붙인다. 허나 한편 선생의 시를 좇는 기분이 '작약' 같다면 과장일까?

지은이   신달자
시집 『열애』, 『종이』 등이 있다.
공초문학상, 정지용문학상, 대산문학상 등을 수상했다.
한국시인협회 회장을 역임했으며,
현재 대한민국 예술원 회원이다.

북촌

1판 1쇄 펴냄 2016년 9월 26일
1판 3쇄 펴냄 2018년 6월 11일

지은이 신달자
발행인 박근섭, 박상준
펴낸곳 ㈜민음사

출판등록 1966. 5. 19. (제16-490호)
서울특별시 강남구 도산대로1길 62(신사동)
강남출판문화센터 5층 (06027)
대표전화 515-2000 / 팩시밀리 515-2007
www.minumsa.com

ISBN 978-89-374-0847-2 04810
     978-89-374-0802-1 (세트)

민음의 시

민음의 시
목록